KB130141

노모老母

책 만 드 는 집 시인선 152

노모 老母

박종대 시조선집

책만드는집

| 시인의 말 |

실없이 이리저리 낸 시조집 여덟 권을 한 권으로.

1부는 단시조 60편. 많아서 찾아보기 쉽게 가나다 순으로.

좀 더 줄여보려 했지만, 이놈들이 도토리 키 재기에 눈들이 말똥말똥해서 더 줄이지 못하고, 지루하지나 않게 동강을 내서 (1) (2)로 나누어 실었다. 새것 몇 편 곁들이고.

2부는 등단 초기의 연시조.

3부, 4부는 똑같이 긴 것이긴 하나,

3부의 작품 전체 이야기는,

공해 때문에 눈이 기형으로 커버린 칠산 바다 황금조기 한 마리(이름하여 '왕눈이')가 선원에게 잡혀 죽었다가, 도깨비하고 마고할미의 도움으로 49일(49재·시조 49수) 동안을 거치면서, 역시 눈이 커다란 목어로 거듭난다는 그런 얘기.

단시조에 치중해 오다가, 단편의 명수 모파상의 단 하나의 명작 장편 「여자의 일생」, 그런 긴 작품 하나를. 참, 그런 엉뚱한 생각으로 마음먹고 덤벼본 것. 2012년에는 한 잡지사의, 1회 몽땅 게재라는 후의도. 역부족. 안타깝게도 결과는 반의반타작. 개작? 포기. 그런대로 어찌할 수 없는 애착이.

그래서 순서에 따라 조금만 추려 싣고,

4부는 오랫동안 어려운 간병 생활을 함께해 준 고마운 친구들.

게다가 '2019 ARKO 문학나눔'까지.

그래서 역시 순서에 따라 이놈은 조금만 더 추려 실었다.

—2020년 이른 여름에

박종대

| 차례 |

1부 (2) 징검다리의 손짓

2부 이로너라

3부 『왕눈이의 메시지 49』에서

4부 『그러던 어느날』에서
– 알츠하이머 간병일기 초抄

1부(1)

응애응애?

가을 한 점

나무 이파리 하나
바람 타고 내려온다

살랑바람 한 옴큼
이파리 타고 내려온다

내리고
내려주고는
잠시 머뭇거린다

개떡

개떡 같은!
개떡같이!

에헴! 여기요 여기

못나 처진 싸라기끼리
도란도란 꿈을 꾸는

손가락
다독인 얼굴
깨물어 봐요
괜찮아요

거짓이여

내 너를 어이할꼬
작정했잖아 가만있기로

업어줄까
안아줄까
한 대 쥐어박아 줄까

잘 알지
네 그 속이야

그래도 또
그래도

공굴 내 고향

왕가뭄 콘크리트 틈새
반목숨의 이파리들

한 놈
분에 모셨더니
꽃대 올라 둘레둘레

내 고향 비가 왔을까

왔지 왔어
협씬* 왔다

* '아주 많이'의 전라도 방언.

그날의 결론

먹을 만큼 입을 만큼
지낼 만큼
고만큼만

보고 듣고 느끼면서
제 할 만큼
그만큼을

가끔은
엉뚱스러워도
그럴 만큼
그만큼

그냥 이대로

다 싫다
지금 이대로
그냥 이대로 살란다

정말?
정말이야?
허허 그렇대도

그래라 누가 가만 놔둔대?
자네부터 그러겠네

나비와 천벌

천벌이 내리다가
나비 보곤 멈칫
허허

저 한 점 날개 바람이
지상을 보살피다니!

천벌님 나비 잠드신 한겨울 서설로 오시다

※ 참고 메모 ⇒ 140페이지

노모老母

애비야
　예 어무니
아니다 아무것도

애비야
　예에 어무니
아니 아무것도 아니다

애비야 나 좀 봐라이
　예에 어무니이

애비야!

노을빛 바라보기

노을이 구름을 만나
구름이 노을을 만나

노을은 구름노을로
구름은 노을구름으로

어느새
손을 꼭 잡은 우리
어딜 갔다 오셨는고

※ 참고 메모 ⇒ 140페이지

녹음의 강

봄에 묻혀 나온 욕심
죄다 오게
풍덩 안기게

좀도둑 소도둑도
푸른 기
폭
먹였다가

주황빛
곱게 띠어오면
우리
같이 가세
겨울로

다시금 법당에서

부처님
여깁니다
저 여기 있습니다

그쪽 저쪽
다
아무도
아무것도 없습니다만

그 눈길
더듬어 더듬어
눈을 감아봅니다

단풍 나가네

울긋불긋
만장에다

상여 되어
가는구나

꽃샘잎샘도
들고 메고

그렇지 암!
다들 같이

창그랑*

잘 가 잘 있어

창그르랑

어노

어노

* 상여가 나갈 때의 요령 소리. 최승범 저, 백순실 화 『한국의 소리를 찾는다』에서.

달마의 신발

비행기는 불안하고
차도 또……
그냥 걷자

신발은 괜찮은가
고놈도 가끔 헛딛지

벗어라

신은 벗어지는데 발이 안 벗어진다

도련님과 고독

고독아
넌 어딨다가
내가 꼭 혼자일 때
거 용케 딱 맞춰서
참 잘도 찾아오신다

도련님!
왔다 갔다 하는
사람
바로
누구우게

동백 아래

동백 아래
동백으로
합장하고 섰습니다

두 손에 모인
그리움에
빨간 불이 붙습니다

불현듯
툭
떨어집니다
가만
주워봅니다

만고 삼절萬古三絶

저 멀리 지평선
저 아득 저 수평선

그 그 위로
허허 창공
아물아물 가물가물

임자들
아니었으면 어찌 보겠노
저 허막

먼지 통신

동산에 올랐다가

태산까지 왔습니다

시내 따라 내려갈까

구름 따라 올라갈까

그러다

이상한 바람을 만나
가고 있는 중입니다

멋모르고

한생
지내놓고 보니
멋모르고였지 그치

그랬던가
아무리

그러면
그렇다면

그 사랑
다 어쩌라고
멋 알고다 멋 다 알고!

미안, 나는 못 나가

이번에도
나 대신
개

옷을 죄다 버렸거든

알몸에
여태껏
치성을 드리고 있는데

머잖아
무늬가 생기든지
털이 나든지 할 거야

바다 사냥

여체야 영락없어

더듬더듬
어쩌려구?

맥을 찾아 짚어봤것다

허허 입질!
척 챘는데

깨보니
바닷가 모래 위
나는 한 척 폐선이야

바다로 드는 길목

흙 반 모래 반의 초입에
갯내 갯바람 나와 있다

물컹한 순 모랫길
손에 잡히는 다복솔밭

그 위로
출렁이는 하늘
그렇지
천천히

복판이라 때린 것이

복판이라 때린 것이
변죽만을 더듬었네

변죽이 복판 되는
그런 날도 있다지만

복판은
저승에 가서는
진짜 한번 쳐볼라

새 나리들의 행차

정보 – 전략 – 생산 – 소비 – 시스템 – 유비쿼터스

행차에 밀린 말들이
물끄럼말끄럼

곧 뭐가
될 듯도 한데

안 보인다
흙내가

새 울 밑에 선 봉숭아

두고 온 그리움
네가 챙겨 왔구나

날 알아보겠느냐
오셨더냐 우리 누님

거기가
우리 그 울 밑이다
그래 그 양지바른

새로 난 꽃집에서

꼭 이래야 되겠던가
짙고
세고
사나워야

달라졌나
내 이 눈이?
자네들이?
우리가 다?

그런가
순하디순했던
그 봉숭아 채송화는

새싹 마중

준비, 땅!
하신 거야
어젯밤에 봄비가

일제히 고개 내밀고
도리반
도리반

다시는 안 오겠다더니?

그렇지 암!
여기야!

설맹雪盲

번쩍
따끔
아파 안 봬
뭐가 쏙 박혔어 눈에

곡두 같은
눈밭 햇살
괜찮을까
행운
행운

보일까
내가 보고 싶은 것

자넨 어인 손인데

설목雪木

눈과 나무
하늘과 땅
그리움과 그리움이

어쩌자고 만났는고
허허虛虛의 공공空空에서

환희의
통곡도 폭소도 다 간 마당에
또
눈물은 웬

실失

좀, 좀만 더
그러다가
아차!
날은 저물어

달려와 둘러보니

강 건너 저쪽이라

어디서 뭘 하고 있다가 인제 와서
속도 없네

※ 참고 메모 ⇒ 140페이지

아내의 지갑

우리
구면일 텐데
어째서 꼭 초면 같지?

내가 바로
자네 주인의
자랑스런 서방님이야

하자구!
사무친 애기랑
한잔

여전하시구먼유

안 하던 짓

웬일이야
이상하잖아
안 하던 짓을 다 하고

자네야말로 왜 그러나
짓에다가
소리까지

할래서 하는 것인가
이러다가
설마
우리

어느 날의 모래 장난

이게 뭐야
집이야 집
누구 집
우리 집이지

큰방 옆에 작은방이
언니 방에 아우 방도

어무니
진지 잡수세요
애들아 밥
밥 먹자

※ 참고 메모 ⇒ 140페이지

억새밭

기다림의 애틋함이
홀로 저리
대판일 수가

찾아온 그리움마다
차마 뜨질 못한 거야

어울려
노래로
춤으로
기다리고 있나니

여기 와 계셨나이까

바닷가 소나무 한 그루
바다 보고 삽니다

꿈꾸는 유채꽃밭
자갈밭도 데리고

갯바람 이야기 들으며
바다 보고 삽니다

연못가에서

넓죽한 잎 펼쳐놓고
어서 오게 하시는데

연꽃 말씀 받아 오실
그런 분 안 계신가

저 위에
사뿐
올라앉을
이슬방울 같은 사람

오는 가을 가는 가을

왔구나
와 있었구나
봄여름 그 품속에

올 때는
기척도 없이
늘 그렇게 왔다가

갈 때는
소리소리 지르면서
또
그렇게 가겠구나

오수午睡

잡숫고 주무시고 잡숫고 주무시고

손주애가 저랬는데
먹고 자고 먹고 자고

그럼서
하루가 다르게
무럭무럭 컸거든

응애응애?

한번 꼭 내보고 싶은
태어날 때 낸
내 그 소리

미쳤어
아니 진짜

그럼
어디
지금 당장

심호흡
깃 여미고 목 다듬고
두 주먹 불끈 응……

외로움에게

멀리 두고
생각나면
불러다가 만났는데

인제는
나이 탓인가
무시로 찾아오는구나

이렇게 버릇없으면
방문 걸어 잠글란다

우리의 자유

싫어 안 가

네 맘대로

안 가면 어떻게 되지?

낙오되고 말겠지 뭐

그러면? 낙오되면?

잘헌다 안 갈 수가 없게

안 가 나는 안 가 안 가

유예猶豫

아비 허물 몽땅 안고
가 갔구나
먼저 갔
어

무슨 일이 이런 일이
뭐야 인마
고
녀
석
이

박 교수
자네 반칙이야
그래 거긴 거기는

이상 무異狀無

뭘 잘못 먹었나
메슥메슥 왜 이러지?

또 앙뚱한 짓 하셨나
꺼림칙
개운치 않아

아니야
별게 다 길을 막네
어서 가요
이상 무

이상한 골목길

그 애다!
맞다 개!
나를 보자 뛰어간다

골목길로 들어갔다
뒤를 따라 들어갔다

안 보여
딴 길은 없는데
이상허네

야아옹

입하立夏 이미지

왁자지껄했던 연초록
초록으로 갈앉더니

시무룩
부쩍이나
말수가 적어졌다

어쩌니?
꽃샘
잎샘도
훈풍으로 와 있는데

잠깐, 조약돌 하나하고

잘 있어
그래 잘 가
악수하고 손을 떼니

너를
내가 옮겨놨구나
좋은 일 터질 거다

내 손이 복福손이거든

나는 덕德돌이거든

1부(2)

징검다리의 손짓

저 눈 저 소리

뭘 하고 있느냐고
왜 여기 와 있느냐고

자꾸만 보고 있는
자꾸만 물어쌓는

그래서
어쩔 것이냐고

그만
놓지 않으시고

저 장바구니

불쑥불쑥
저 대파들
발 동동 눈 빠지는데

신났다
새끼들 숟가락
밥상 그림은 무지갠데

이 속을 모를 리 없는 버스

왜 안 와
왜 못 와

졸졸 시냇물

졸 졸 졸
이래서야
어찌 가노 바다에까지

거기도 들러 왔다구
가짓말
정말이야

담가본 두 손 열 손가락
비켜 가는
졸졸졸

좌左와 우右

네가 左 내가 右
내가 이쪽 네가 그쪽

右라면서
그러니까
그러니까 그쪽이 左지

거 괜히 左다 右다 해놓고
헷갈리게 한다구

죽어 있는 나무와 살아 있는 나무

–어느 원시림 속에서

죽어서 살아 있는가
살아서 죽어 있는가

잎만 있고 없고 했지
똑같구먼
서 있는 것은

생과 사
서로 왔다 갔다
한 이웃이었던가

징검다리의 손짓

앙금쌀쌀
나를 건너
외갓집에 갔었지

징검 산들
홀짝
훌쩍
구름 위에 올라볼래?

은하수?
거기도 거기서 거기야
징검 별들 건너면

※ 참고 메모 ⇒ 140페이지

책상을 닦으면서

어쩌다
사람 잘 만나
무던히도 행복했지

어쩔거나
다음에는
부디 팔자 고쳐서

뭐라구
네가 할 말이라구?
누구한테 나한테?

천지天池

땅 마음 하늘 마음
고스란히 받쳐 들고

삼가
위로 아래로
올리고 내리는가

들릴 듯
보일 듯 말 듯

그런대로 그래요

추석이 오는 길목

아득했던 얼굴들이
봉창문 밖 들판길에

벼 이삭
수수 이삭
감이며
대추로

떠들썩
어제같이 와 있다

그놈
내일모레지

코스모스 동산에서

머리 젖혀
하늘하늘
하니
내가 코스모스다

어어 금방
아질아질
하기 시작하는데

저한테
기대보란다
실허리의 꽃대가

풀잎 끝 파란 하늘이

풀잎 끝
파란 하늘이
갑자기 파르르 떨었다

웬일인가
구름 한 점이
주위를 살피는데

풀잎 끝
개미 한 마리
슬그머니 내려온다

※ 참고 메모 ⇒ 141페이지

폭포수 주변

물이 돌고 돌다가
비로소
입을 여는 곳

단
한
마
디
를
단
한
줄
로

거푸거푸 한결같이

뭐라고
알 듯 모를 듯
보는 귀들 듣는 눈들

함박눈 생각

올라와
어서 올라와!
보고만 있지 말고!

펄펄
그리움
송이송이
춤으로
노래로
대판 한판

이 나도
거기 끼였던가
오소서 또 올해도

허수아비 손을 잡고

마네킹
점원보다 더 점원 같더니만

이게 뭐야
농부보다 더
진짜 농부 같구먼그랴

자, 우리
악수하실까?
에
에
에취!

웬 재채기가

혁신 '스마트 안경'이여

사랑에
그리움에
안 뵈는 게 없으면서

무無
가끔 툭 치고 가시는
그
무는
왜 안 보이노

초점이
좀 다르지요
매뉴얼을 잘 보세요

2부

이로너라

담과 사람과 담쟁이덩굴

곡곡의 담들이 죄다
자네들 세상이구먼
없었으면 어쨌겠노
큰절하게 사람한테
고맙소
오죽 흉흉했으면
한사코 감싸왔겠소

담의 허물 가셔주는
고마운 담쟁이시여
기나긴 만리장성에도
임자들이 만 리였거늘
어떻소
뺌도 안 되는
사람 속의 돌담은

눈맞추기놀이

나를 봐 꼭 그대로
지금의 그 눈 그대로
또 외면 뭐가 켕기니?
아니지 다시 봐봐

이렇게 서로 찬찬히 보면
착해진대 우리 눈이

눈이 없는 것이 없대
나무에도 별에도 다
저 돌멩이 저 눈 좀 봐
저도 보고 우리도 보고

이렇게 서로 곰곰이 보면
참해진대 우리 눈이

참해지고 착해지면
눈도 띄고 귀도 띄고
띈 눈 귀 한데 모이면
일어날 수 있대 우리

자 그럼 깜작만 해도 안 돼
눈맞추기, 시작!

※ 참고 메모 ⇒ 141페이지

망월동望月洞의 달

악아 내다 네 어미 악아 어미가 왔어
어찌 이리 깜깜한고 망월동에 달이 없구나
세상을
그래놓았으니
올 수가 있겠느냐

아니다 괜한 너를 미치게 해놓고
또 미친 너를 보고 죄다 미쳐버리게 한
그게 다
사람이 한 짓
네 잘못이 아니니라

오너라 어서 오너라 구원의 네 얼굴로
불현듯 둥실 달덩이
어무니! 나 불효자지?

아니다!

벌떡 일어나 보니
또 꿈이라

고 녀석

산정에 올라서서

에헴! 이로너라
게 아무도 없느냐
산도 물도 해도 달도
그 겉모양들 다 말고
저 숨결
깊은 속마음
그 얼굴은 어딘가

높은 데 올라선 귀여운 저 손님
찾는 것이 앙뚱하니 눈을 감고 불러보소
눈 감은 저 손 속마음 그 얼굴은 어딘가

나 여기 자네들 거기
우리 다 말짱한데
자네 없고 나도 없고
주객이 다 안 보이니

여봐라!

이리 오너라

거기 아무도 없느냐!

※ 참고 메모 ⇒ 141페이지

왕십리역 유실물센터

유실물? 가슴 덜컥
너 뭔가 두고 왔지
그래 참 그랬나 본데
어디다가 뭘 말이야

작은 건
아닌 거 같은데
생각이 나야 말이지

더한 일 그르칠라
그냥 가자 그런대로
가노라면 또 나온다
왕백
왕천
왕만리역

그때는
거기 어디 가서는
문뜩 생각날 거야

※ 참고 메모 ⇒ 142페이지

3부

『왕눈이의 메시지 49』에서

모양에서 나오다

녀석 눈
무섭게 크네

왜 봐 인마
눈 부릅뜨고

예끼, 내동댕이
갑판 위에 맥없이 팍!

그 순간
모양에서 나온 나

육신이여 이승이여

마중 나온 도깨비들

칠산 바다에서 온
황금조기 '왕눈이' 맞지?

우리가 안내한다
49일간
따라와

봐하니
들어보기만 했던
도깨비들 아닌가

반가운 마고할머니

허허 오셨네그려
우리 칠산의 우리 왕눈이

어서 따라가 보게나
49재 안에 나도 가네

얘들이 엉뚱한 데도 있지만
좋은 친구들이야

조기의 고장 법성포

나부꼈던 만선의 함성
지금도 울리고 있는가

수난의 땅
배고픈 백성
달래주자고
도와주자고

연거푸 거푸거푸 몰려왔던
그 관문 법성포

강물 따라 강나무 따라

물이 흘러내린다고
강물이라 일렀는가

바다에서 올라가는
이 물 줄기
저 물 가지들

나무다
바다와 육지가 서로 왕래하는
강나무다

산안개 바다안개

점잖은 산들도
출렁이는 바다도

잠은 자는가 보다
하얀 이불 덮었다

잘 자소
아들딸 많이 낳고
꿈은 무슨 꿈을 꿀거나

불신임받고 있는 초록

인제 초록으로는
이 세상
어쩔 수 없다고

불신임받고 있는 걸
아는지 모르는지

묵묵히
뻗어나가는 초록이여
눈물 머금고
이 악물고

저기, 사람들 많이 사는 데

무슨 꽃밭
인 것도 같고
가시밭
인 것도 같고

아름답게 섬뜩한
섬뜩하게 아름다운

무엇이
저리 얽혀 있는고
한번 가보자꾸나

도깨비의 만류

사람 많이 사는 데는
여기서 보기만 해

요새는
저 세상이 도깨비 세상이야

나중에
갈 때가 있을 거다
조심한다 우리도

방망이 없는 도깨비

너희 세상에도
조심하는 게 있구나

뚝딱
하면
뚝딱
된다는
그 방망이는 어쨌지?

에헤헤
넘어가 버렸구나
저 사람들 세상에

조기의 눈과 소년의 눈

제삿날 밤
밥상머리

조기 앞의
모자 단둘

얘 눈이 나를 자꾸 봐

못 먹겠어
못 먹겠다니!

지 애비
쏙 빼다 박아갖고
너도 노숙자 될래!

모여라 그리움

다 같이
그리움
자네들만 보고 사는데

살짝 비쳤다 금방 꺼지고
그러지들 마시고

차분히
얘기 좀 들어보세

워크숍 어때

당장 모여!

워크숍 지나가고

호령에 불호령에
혼나고 혼쭐나서

한바탕 싹 쓸려 나간
터엉 빈
훤한 어디

무지개
솟아오른 데
거기는 어딘가

‘없음’의 한마당

그리움의 눈들이여
‘없음’ 자주 만나지?

그 침묵만이 아니고
소리나 짓 같은 것도

한마당
잡아놓게나
A.V.로

잡힐까?

모양에 들어가다

큰 눈을 가진 모양 속에
자리 잡았다 싶었는데

숨소리
울음소리
칠산 바다 황금조기 떼

그림자
포근히 감싸오는
'없음'이여

어무니!

4부

『그러던 어느날』에서

–알츠하이머 간병일기 초抄

문진問診 검사 받고 나서

"좋아요 참 잘했어요"
그래놓고는
뭐 몇 점?

아 글쎄
11점이래
그게 뭐야 기분 나빠

30점 만점이라니까
중간 정도
괜찮다

그래, 그러겠지

내가
내가 왜 그거야
말도 안 돼 그게 뭔데!

　검사 결과 다 봤잖아

걔들 다 순 엉터리야

나 이리 멀쩡하지 않아
약? 안 먹어!
안 먹어!

그래, 자, 출발이다

긴가민가
기연미연
기연가미연가 했는데

긴가
기연
기연가로
허허
분명해졌으니

다 놓고

할매 할배 둘이서
은하 여행 떠날란다

집안일

무슨 일이
해도 해도
끝도 한도 없느냐구

다 했다 싶은데도
또 있고 또 생기고

그래요
모르셨지요
일 중의 일인 것을

고마운 밥상

어렵게 차린 밥상
어찌 저리 맛있을꼬

말없이
흐뭇하게
쳐다보고
있노라면

나처럼
나를 보고 계셨을
엄니 얼굴 누님 표정

그러고 나서는

벽을 치고
바닥을 치던
어젯밤의 대성통곡

자고 난
오늘 아침
어찌 저리 얌전할까

새 할매
새 사람이야!
여보 여보
나 좀 봐봐!

한 번 더

따독따독
잘 자!
하고
돌아서 나오는데

왜 이리 허전할까
안쓰럽고
측은하고

돌아서
다시 들어가
한 번 더
따둑따둑

또 한 방 맞었어

두 번 세 번 말을 하면
제발 대답 좀 해봐요

뭐라고 하는지
통 알 수가 없다구요

아이고
나한테 맞게
말 좀 해줘봐요

지하철 안에서

이 얼굴 저 얼굴
번갈아 둘레둘레

내 얼굴에 와서는
빤히 쳐다보는 저 눈

나하고 같이 사는 사람
그 사람 맞지

가슴 철렁

우리 집에 언제 가?

집에서 가끔 하는 말
때로는 꽤 진지하게

사는 집을 잊어버린
꼭 그것만은 아닌 것 같은

이상향?
그 비슷한 데?

설마하니

그래도

지금 저 얼굴

다 잊어버리고
그냥
저렇게 사는 것도

어느 때인 줄도 모르고
어느 곳인 줄도 모르고

그래도
그럴 수는 없지만
어찌 저리 깨끗할꼬

여기가 어디야

어딘지 모르겠어?
몰라? 모르겠다구?

우리가 자주 다니던
그 상가야 그 상가

새 세상?

가는 곳마다
처음 보는 세상이다

이 간병인

멍하니 우두커니
먼 산에
빈 하늘만

이 양반
내가 봐도
정신 나간 사람이어

그 정신
바람 좀 쐤으면
냉큼 돌아오지 않고

무엇이 간병을 하는고 하니

부모 자식 간이 아닌
부부간의 간병이라

정이야 정
정 말이다
정이 하는 거지
한번 정이 들어버리면
한번 정에 빠져버리면
어찌 된다는 그 정
어쩌다가는
더럽다 더럽다, 그건 아니고
"다랍다 다랍다"*
하게는 되는 그런 묘한 정
그런가 하면
죽은 사람의 몸을 깨끗이 씻어서 수의를 입히고
염포로 묶는 일을 하는 사람도

"아무런들 이 짓도 정이 없으면 못 해먹을 것인데 그렇듯 시신과 정을 나누다가 보면 어느 사이 그 시신 언저리에 남아 있던 삶의 때라 할까유? 뭐 그런 것이 걷히고 비로소 내 마음도 편안해지거든요"**

라고 한 그런 숙연한 정도

그렇지
정이 하시는 거다
그놈의 정
정이여!

* 서연정 시조 「정」에서.
** 조오현 선시 「염장이와 선사」에서.

식탁아 의자들아

얘들아
일어나자
마님 오실 시간이다

같이 잠들었었구나
허전이랑
쓸쓸이랑

그래도
저 시계
저놈은
저 혼자서
저렇게

한밤중에

자다 말고 뭐 하고 다녀
뭘 찾어?
뭔데 그게

　뭔지 나도 모르겠어

허허 뭔지도 모른다

자 자자
푹 자고 나면
까꿍!
하고
나올 거야

기다려지는

어서 와주었으면
왜 이리 허전할꼬

짜증 부려도 좋다구
어서 오기나 하라구

힘없이 기둥에 기대서서
떠올리는 멍한 그 얼굴

울어지더라구요

비가
천둥 번개에
억수로 쏟아지는
검정 우산 속에서
되는 게 있더라구요

엉엉엉
염치없이 펑펑 터져 나오더라구요

양말짝 신발짝

나도 할매한테 의지하고 있던 거야
할매가 나한테 그러고 있던 것처럼

짝이야
서로 짝이었으니까
맞다 그게 짝이다

지금 이것이 바로 그것인가

우리 할매
시중들면서
밥하고
청소하고
내 몸도
추스르면서
신문 보고
TV 보고

가늘게
이어지고 있는 삶
곰곰이 맛보고 있다

차마 못 할 말

우리 이러다 어쩌지

이러느니
이러느니

그놈의 못된 생각
입가에서 차란차란

아니야
아무것도 아니야
미쳤지 내가 미쳤어

보내놓고

다른 데 맡겨놓고
그래
인제
뭐 할 건가

무슨
자기실현?
아니
좀 쉬고 싶어

그것도
고생이라고

변했구나
너 변했어

텅 빈 집안의

나갔다 돌아오면
반기지는 못할망정

외로움에
푹 젖은
원망의 눈망울들

내가 뭐
큰 잘못이라도?

맞다 내가 죄인이다

자다가

무슨 소리?
이 밤중에

화장실?
어둠뿐

할매는 요양원인데?

몸은 가고 그림자는

익숙한 화장실 찾아와
일 편히 보고
가셨는가

아리랑 노래 공부

손
맞잡고
웃으면서
부를 수 있는
유일한 노래

내 입 모양 봐가면서
내 눈 모습 살피면서

십 - 리 - 도
못 - 가 - 서
발 - 병 - 난 - 다

자! 박수! 박수 박수!

아직도 저것을 못 고치다니요!

그런저런
다 모르고
저렇게 멍청하게

아는 게 병
귀찮고
모르는 게 약
속 편탄다

그대로
그냥 그런대로 가보자

더 아프지만 말거라

□ 「나비와 천벌」(23페이지)

* 종장이 한 줄로 얌전히 가지런. 마치 서설이 내린 평화로운 지상처럼.

□ 「노을빛 바라보기」(25페이지)

* '노을' '구름'의 반복으로 나타난 'ㄹ' 음의 리듬, 어떻습니까.

□ 「실失」(46페이지)

* 에헤, '실연'의 '연戀' 자를 슬쩍?

□ 「어느 날의 모래 장난」(49페이지)

* 셋방살이를 전전하던 끝에, 서울 변두리 불광동 일대의 복덕방을 누비고 다니다가 천만다행히도 제법 괜찮아 보이는, 드디어 난생처음의 내 집을 계약해 놓고, 대망의 입주를 기다리던 때의 것. 1960년대 후반.

□ 「징검다리의 손짓」(70페이지)

* '앙금쌀쌀' : 처음에는 굼뜨게 앙금앙금 가다가 재빠르게 기어가는 모양.(민중서관 국어사전)

□ 「풀잎 끝 파란 하늘이」(75페이지)

* 여기저기 등장, 대표작처럼 돼버렸다.

□ 「눈맞추기놀이」(84페이지)

* 『왕눈이의 메시지 49』의 끝부분 주제가로도 나온다.

□ 「산정에 올라서서」(88페이지)

* 《시조문학》 1995년 봄호 천료작.

| 미는말 |

박종대 님의 「산정에 올라서서」를 천료작으로 민다.

이 시인은 다년간 시조 창작에 전념하여 왔었다는데 그 구성 양식이 남다른 바가 있다. 이 작품도 자문자답식의 형식으로 지어졌는데 산에 올라서 너와 나의 실체를 찾으려고 한 자문자답을 시조 형식으로 담아본 것이다. 특이한 표현 기법으로 함께 온 3, 4편이 모두 그러한 기법의 작품들이다.

매우 진지하고도 진곡의 수련으로 작시되었다.

앞으로 시조 작법의 새로운 면모를 열어줄 것으로 믿

는다. 계속 좋은 작품 보여주기를 바라면서.

–박병순·정완영·리태극

* 작곡 발표되었다.

《정강석 작곡 발표회》

〈박종대 시 「산정에 올라서서」에 의한 바리톤과 플루트, 현악 4중주〉

2007. 10. 18. 창원 성산아트홀 소극장.

□ 「왕십리역 유실물센터」(90페이지)

* '왕십리往十里'의 '往' 자는 '가다'의 뜻인 '갈 왕' 자.

| 발문 |

비 오는 날 검정 우산 속에서 울던 시인

김영재 시인

풀잎 끝 파란 하늘이

박종대 선생의 시조선집 『노모老母』의 발문을 부탁받았다. 나는 정중히 사양했다. 지금껏 나는 어느 시인의 해설이나 발문을 써본 일이 없다. 선생은 몇 말씀으로 내가 사양할 수 없는 상황을 만들었고, 나는 겸허히, 조용하게 받아들였다.

박종대 선생과의 만남은 2006년 4월이었다. 두 번째 시집 『눈맞추기놀이』 출판 관계로, 일면식 정도였던 선생의 전화를 받고 인연은 이어졌다. 전화 통화는 짧았고, 선생께서 출판사에 방문해도 10분 이상 말씀을 나눈 일이 없었다. 간단명료하셨다. 하실 말씀만 하시고 자리에서 일어나신다. 처음 방문 당시를 기억해 본다.

서울 송파구 방이동에서 마포구 합정동까지 지하철로 환승해 승강기 없는 4층 책만드는집 사무실을 오셨다가 몇 말씀 하시고 휭하니 떠나신다. 나는 송구했고 연세 드신 시인께서 그렇게 떠나는 뒷모습을 보면서 면구스러웠다.

풀잎 끝
파란 하늘이
갑자기 파르르 떨었다

웬일인가
구름 한 점이
주위를 살피는데

풀잎 끝
개미 한 마리
슬그머니 내려온다

–「풀잎 끝 파란 하늘이」 전문

시조선집 원고를 넘기다가 순간, 나는 숨을 멈추고 멍해졌다. 한 편의 시조가 우주를 흔드는구나. 무한천공無限天空 이치를 깨우쳐 주는구나. 풀잎 끝에서 파란 하늘이 파르르 떨고, 풀잎 끝에 개미 한 마리가 슬~그~머~니 내려온다. 떨림과 슬그머니, 그 모습을 구름이 살피다니. 박종대 시인의, 시조의 카메라 렌즈는 그 순간을 찰나로 끊어 찍고 거리, 소리까지 여지없이 포착해 독자에게 보여준다.

이 시조를 이경철 평론가는 "자연의 한 순간을 적확하고 개결하게 묘사함으로써 우주의 속내, 천지를 운항하는 질서며 도道를 드러내고 있다. 시인의 무사기한 눈과 마음이 그대로 자연의 도가 되고 있는 시다"라고 적었다.

박종대 시인은 굴비로 유명한 영광 법성포에서 1932년에 태어났다. 1995년 등단했다. 25년 동안 왕성한 작품활동으로 시조집을 냈다. 『태산 오르기』(1997) 『눈맞추기 놀이』(2006) 『개떡』(2010) 『왕눈이의 메시지 49』(2012) 『칠칠 동산』(2013) 『풀잎 끝 파란 하늘이』(2015) 『동백 아래』(2017) 『그러던 어느 날』(2019) 등을 부지런히 출간하며 늦은 등단을 만회라도 하려는 듯 글쓰기에 집중했다. 그렇지만 편안한 글쓰기만은 아니었다.

「산정에 올라서서」와 「노모」

에헴! 이로너라
게 아무도 없느냐
산도 물도 해도 달도
그 겉모양들 다 말고
저 숨결
깊은 속마음
그 얼굴은 어딘가

높은 데 올라선 귀여운 저 손님
찾는 것이 앙똥하니 눈을 감고 불러보소
눈 감은 저 손 속마음 그 얼굴은 어딘가

나 여기 자네들 거기
우리 다 말짱한데
자네 없고 나도 없고
주객이 다 안 보이니

여봐라!
이리 오너라

거기 아무도 없느냐!

–「산정에 올라서서」 전문

1995년 《시조문학》 봄호 천료작이다. 추천 시인은 박병순, 정완영, 리태극 선생이었고 「미는 말」은 이러하다.

"박종대 님의 「산정에 올라서서」를 천료작으로 민다.

이 시인은 다년간 시조 창작에 전념하여 왔었다는데 그 구성 양식이 남다른 바가 있다. 이 작품도 자문자답식의 형식으로 지어졌는데 산에 올라서 너와 나의 실체를 찾으려고 한 자문자답을 시조 형식으로 담아본 것이다. 특이한 표현 기법으로 함께 온 3, 4편이 모두 그러한 기법의 작품들이다.

매우 진지하고도 진곡의 수련으로 작시되었다.

앞으로 시조 작법의 새로운 면모를 열어줄 것으로 믿는다. 계속 좋은 작품 보여주기를 바라면서."

박종대 선생은 시인 초년생이었지만 서울대 사범대학 국어과를 졸업, 중등학교 교사, 장학사, 장학관, 교장 등 교직 생활을 했으며 도쿄 주일본국 대한민국대사관 교육관, 주후쿠오카 대한민국총영사관 영사, 후쿠오카 한국

종합교육원 초대 원장 등 외교직 생활을 한 화려한 경력의 소유자였다. 추천의 말에서처럼 다년간 시조를 갈고 닦은 실력자였다. 그만의 시조 작법이 단아하게 자리매김된 신인 아닌 신인이었다.

「산정에 올라서서」 화자는 자신의 실체를 찾아 묻는다. "에헴! 이로너라/ 게 아무도 없느냐". 겉모양들 다 말고 저 숨결 깊은 속마음 그 얼굴은 어딘가. 찾는 품새가 앙똥하다. '앙똥하다'란, 말이나 행동이 분수에 맞지 않게 조금 지나치다는 뜻이다. 시인은 둘째 수 중장에 '앙똥하니'를 삽입해서 딴전을 피운다. 넉넉하다. 셋째 수에서는 "우리 다 말짱한데/ 자네 없고 나도 없고/ 주객이 다 안 보이니" 또 묻는다. 명령조다. 장난기 섞인 정겨운 자아 찾기. 첫 수 초장을 종장으로 마무리하는 말놀림의 능숙함. "여봐라!/ 이리 오너라/ 거기 아무도 없느냐!" 종장의 참맛! 정형시의 마력!

이 작시법은 시조선집의 표제 시조인 「노모」에서도 빛난다. 군더더기 없이 완성된다. 일본 친구가 많은 박 선생은 하이쿠보다 한국 시조가 한 수 위라고 말은 안 했겠지만 '시조는 이런 것이다'라고 작품으로 으쓱했을 것 같다.

애비야

예 어무니
아니다 아무것도

애비야
예에 어무니
아니 아무것도 아니다

애비야 나 좀 봐라이
예에 어무니이

애비야!
-「노모」 전문

순 우리 입말로 쓰인 이 시조 한 편의 느낌은 어떠하신지. 늙은 어머니와 아들이 주고받은 몇 마디. 무슨 설명이 필요하겠는가. 어머니는 아들을 세 번 부르고 아들은 세 번 답한다. 딱히 할 말이 있는 것도, 그렇다고 없는 것도 아니다. 그것이 우리의 정서고 부모와 자식 사이의 교감이다. 그리고 마지막 "애비야!"는 알았다!는 노모의 사랑이다. 너를 사랑한다, 함께 있어줘서 고맙다. 늙으신 어머니의 짠한 말씀이다.

「노모」는 《시조문학》 2004년 가을호에 발표된 시조다. 어머니와 아들의 대화를 행갈이의 묘미를 살려 그림처럼 보여준다. "애비야" 하고 부르면 한 걸음 뒤에서(한 글자 뒤에 배치해서) "예 어무니" 답한다. 다시 부른다. "예에 어무니". "아니 아무것도 아니다" 하신다. 이심전심, 목소리만 들어도 무슨 말인지 다 안다. 세 번째 애비를 부를 때는 남도 사투리로 "나 좀 봐라이" 부른다. 아들도 배냇말 사투리로 대답한다. "예에 어무니이" 어무니~잉.

그래 이쯤 했으면 되았다. 애비야!

울어지더라구요

비가
천둥 번개에
억수로 쏟아지는
검정 우산 속에서
되는 게 있더라구요

엉엉엉
염치없이 펑펑 터져 나오더라구요
–「울어지더라구요」 전문

아프다. 아파서 무슨 말을 할 수 없는 시, 「울어지더라구요」. 울어지다니. 운다, 울었다, 그것도 아니고 가슴 먹먹하게 울어지다니. 사람이 우는 일도 염치가 있어야 하는 걸까. 박종대 시인은 그런데, 아흔 살을 앞에 놓고 염치없다, 미안하다,며 울고 있다. 천둥 번개 억수로 쏟아지는 비 오는 날, 그것도 검정 우산 속에서. 왜일까.

서럽고 아파서다. 선생도 아프고, 아내도 아파서. 우리 사는 일은 울음 우는 일인지 모른다. 그것을 견뎌야 하는 것인지도 모른다. 작가 박완서 선생은 사는 일을 견딜 수 없는 일을 견뎌내는 것이라 했던가. 위기는 극복하는 것이 아닌 견디는 것이니까.

박종대 선생은 투병 중이다. 그렇지만 선생의 병 치료보다 부인의 간병으로 오랜 날을 힘들게 겪고 계신다. 치매, 알츠하이머, 그 몹쓸 병이 시인의 가족과 시인의 삶을 흔들어놓고 있다.

> 내가
> 내가 왜 그거야
> 말도 안 돼 그게 뭔데!

검사 결과 다 봤잖아

걔들 다 순 엉터리야

나 이리 멀쩡하지 않아
약? 안 먹어!
안 먹어!
—「그래, 그러겠지」 전문

환자의 짜증이야
그럴 만도 하지마는

간병인의 짜증은
안 되지요
안 되고말고

제1조
짜증 안 내고
짜증 받아드리기
—「간병 현장」 전문

이 두 작품은 2017년 《좋은시조》 가을호에 발표한 단시조 특집 열 편 가운데 두 편이다. 단시조 특집의 전체 제목은 『그러던 어느 날』이었고 부제가 "알츠하이머 간병 일기 초抄"였다. 위의 두 편을 제외한 나머지 작품의 제목은 「그래, 자, 출발이다」 「집안일」 「고마운 밥상」 「짜증」 「○○○케어센터」 「단추 걸기」 「서운한 아침」 「기다려지는」 등이었다.

부인의 치매를 간병하며 매일매일 일기를 쓰듯 시조를 쓰며 힘든 날을 보낸 박종대 선생이었다. 《좋은시조》 편집 실무를 맡은 나는 열 편의 시조를 읽고 시작노트를 단숨에 넘기며 온몸에 힘이 빠졌다. 2017년 늦여름 어느 날 내 머리는 텅 비어졌고 하얘졌다. 책을 읽어도 글자가 흐릿했고 옥상에 올라 북한산을 바라봐도 "멍하니 우두커니/ 먼 산에/ 빈 하늘만// 이 양반/ 내가 봐도/ 정신 나간 사람이어// 그 정신/ 바람 좀 쐤으면/ 냉큼 돌아오지 않고"(「이 간병인」) 간병인 박종대 선생처럼 나도 정신이 혼미해졌다.

나를 견디게 한 시조의 힘

우리 이러다 어쩌지

이러느니
이러느니

그놈의 못된 생각
입가에서 차란차란

아니야
아무것도 아니야
미쳤지 내가 미쳤어
–「차마 못 할 말」 전문

우리 할매
시중들면서
밥하고
청소하고
내 몸도
추스르면서
신문 보고
TV 보고

가늘게
이어지고 있는 삶
곰곰이 맛보고 있다
–「지금 이것이 바로 그것인가」 전문

차마 못 할 말도 꼭 해야 할 말도 참아야 할 때가 있다. 머릿속에 지니고 있는 생각을 입 밖으로 모두 내보내야 할 필요는, 딱히 없다. 해가 지고 해가 뜨고 바람 불고 바람 그치고 꽃이 피면 지고 또 기다리면 눈이 오고, 그 봄이 다시 올 것인데 그 순간을 견디면, 지나면 아무것도 아닌데, "미쳤지 내가 미쳤어" 후회하며 나를 나에게 다짐하는 인생. 한번 지나가면 다시 돌아올 수 없는 그것, 그 무엇. 그리하여 누군가는 말한다. 아픔과 불행과 견딜 수 없는 것들과 맞서지 마시라. "가늘게/ 이어지고 있는 삶/ 곰곰이 맛보"면 그뿐, 다 지나가리라. "우리 할매/ 시중들면서/ 밥하고/ 청소하고/ 내 몸도/ 추스르면서/ 신문 보고/ TV 보고" 사는 삶이 얼마나 다행인가. 행복인가. 배려이며 측은지심인가. 그것이 사랑이고, 시고, 종교다.

"그놈의 못된 생각/ 입가에서 차란차란"하다니. 선생은 감정의 극한에서도 아름다운 우리말을 차분하게 불러와 자신을 진정시킨다. 시조의 참맛을 짧은 45자 내외의

글 속에 보물처럼 놓고 정작 당신은 태연하다. 선생의 시조 미학이며 인품이다. 진정 좋은 시조는 격을 놓지 않는 것이다. '자란자란'은 어딘지 조금 부족하고, 이 환장할 세상을 확 뒤엎자니 아뿔싸! 넘칠 듯 넘칠 듯 하지만 넘치지는 말고, 그냥 차란차란했으면 부족함이 없겠다.

"섭섭하게,/ 그러나/ 아주 섭섭하지는 말고/ 좀 섭섭한 듯만 하게,

이별이게,/ 그러나/ 아주 영 이별은 말고/ 어디 내생에서라도/ 다시 만나기로 하는 이별이게,

연꽃/ 만나러 가는/ 바람 아니라/ 만나고 가는 바람같이

엊그제/ 만나고 가는 바람 아니라/ 한두 철 전/ 만나고 가는 바람같이"

문득 나는 왜 서정주 시 「연꽃 만나고 가는 바람같이」가 떠오르는 것일까. 박종대 선생은 차마 못 할 말을 하고 있는데 연꽃 만나고 가는 바람이 떠오르는지. 우리는 만나러 가는 것이 아니라 연꽃을 만나고 가는 바람인지 모

르는 까닭이다. 그 순간의 깨침이란 영원이다.

"어느 전문가 왈, 알츠하이머 그거 병 중에서도, 제일 참 무서운 병이거든요. 순간 섬뜩! 뭐야. 우리 집사람이 그렇다는데.

정말 그렇고 그랬다. 모든 사람들이 걸릴까 두려워하고, 걸렸다 하면 쉬쉬하기 일쑤였던.

그런데 창피하지도 않아서, 이게 무슨 짓이야, 만천하에 드러내 놓다니. 우리 속담에 "병 자랑은 하여라" 했는데 그건가. 환자 수의 폭증 등 세상 많이 변했지 않는가.

여러 문제 중에 큰 문제가 간병 문제. 그 수발을 들기가 여간 힘들고 어려운 일이 아니었다. 보통 사람들이 생각하는 그 정도보다 훨씬 더한.

이에 친절하고 자상한 간병 매뉴얼이 나와 있을 법도 한데, 나에겐 큰 힘이 돼준, 그런저런 문제를 담담하게 받아들일 수 있게 해준 게 있다. 바로 시조다. 그날그날 한 수 한 수 써나가는 데 따라 어려운 수발 생활의 반성, 정리, 향상 등 제법 의젓해감을 실감할 수가 있었다.

참 무서운 병이라기보다 참 우스운 병이었다. 존재를

비롯, 정상 비정상이라는 게 도대체 어떤 것이고, 기억은 뭐고 망각, 인지, 시간 공간은 또 뭐고 등의 문제를 진지하게 만나보게 되는.

이래 나가다 그 어느 날, 그 어찌 될 것인가를 가끔 그려보면서."

박종대 선생은 앞에서 말한《좋은시조》2017년 가을호에서 위와 같은 시작노트를 실었다. 아내의 알츠하이머 간병을 지탱하게 해준 것은 '바로 시조'라고 했다. 간병의 그날그날을 한 편의 시조로 쓰면서 반성, 정리, 향상을 실감했다는 것. 시조의 힘은 위대했다. 선생의 시조는 그만큼 진솔하다.

두고 온 그리움 챙겨 왔구나

"실없이 이리저리 낸 시조집 여덟 권을 한 권으로"('시인의 말') 묶는 시조선집 『노모』는 4부로 구성했다. 시인의 의도에 따라 시력 25년을 단아하게 정리한 선집이다. 첫 서문에는 "이미 간행된 시조집 여덟 권"이라 했는데 "실없이 이리저리 낸 시조집 여덟 권"으로 수정해 실었다. 선생의 소박한 면모를 엿볼 수 있는 겸양이다. 아니다. 활자화는 안 됐지만 '앞으로 시조집 한 권을 더 낼 수 있을지 모르겠다'는 마음 아픈 고백을 건넨다. 순간의 적막 앞에서 나는 선생의 건강을 믿는다. 선생의 시조선집의 해설이 아닌 발문을 쓰기로 한 것도 이 까닭이다. 건강하시어 한 권의 시조집을, 아니 더 여러 권의 시조집을 세상에 꼭 내놓겠다는 약속도 받아냈다.

1부에서 3부는 시집 『태산 오르기』 『눈맞추기놀이』 『개떡』 『왕눈이의 메시지 49』 『칠칠 동산』 『풀잎 끝 파란 하늘이』 『동백 아래』 일곱 권에서 가려 뽑았고, 『그러던 어느 날』에서 추린 시조는 단독 4부로 구성했다. 알츠하이머에 시달리고 있는 아내를 간병하며 쓴 단장斷腸의 시편들이다. 나는 시조집 『그러던 어느 날』 책머리에 실린 '시인의 말'을 다시 읽는다.

"치매, 설마 그것이 나에게.

이것이 수많은 사람들의 생각일 텐데, 그랬다가 그 화를 입게 될 분들이 앞으로 10년 안에 한국에 100만, 일본에서는 무려 700만을 헤아리게 될 거라니, 거기에다 그 무서운 고통을 함께하게 될 그 가족의 수까지 더하면? 더더욱 섬뜩!

요즈막에 서슴없이 오르내리는 얘깃거리다.

인지 장애에 관계되는 분들의 한 조촐한 모임에서였다. 그 행사장에 졸작 몇 편이 전시돼 있었는데, 주최 측에서 그중의 하나를 낭송해 달라고. 졸지에 마이크를 넘겨받고, 얼떨결에 「그래, 그러겠지」를 낭송했는데, 어어, 내 딴에는 예상 밖의 큰 호응이었다고. 그게 의례적인 박수 환호였다더라도, 이들을 가려서 한데 묶어 내놓아도 괜찮지 않겠느냐는 생각이 들었다.

간병 생활을 함께해 준, 참 고마운 친구들이다."

아내가 치매라니, 이 비현실적인 현실을 어떻게 받아들여야 할까. "걔들 다 순 엉터리야"(「그래, 그러겠지」) 아내의 말이지만 입 밖으로 꺼낼 수 없는 시인 박종대 선생의 절규 아닐까. 슬퍼도 슬픔을 드러낼 수 없는, 울고 싶어도 울지 못하는, 울 곳이 없어 검정 우산 속에서 엉엉엉 울어야 하는 박종대 시인, 아니 지아비. 천둥 번개가 울음소리를 삼키고, 검정 우산으로 흐르는 눈물을 감춰야 하는 억수로 비 쏟아지는 어느 날.

그래서 시인은 말했다. 울었다, 엉엉엉 울었다가 아니라, 울어지더라고. 얼마나 서러웠을까. 우는데, 슬픈데, 나이가 상관있을까. 아흔 살을 앞둔 시인 박종대 선생, 슬

프겠다. 언제나 소년처럼 웃고 다니시고 시조의 편편마다 군더더기 없는 깔끔한 품격. 선생의 시조는 정이 짙고 그리움이 스며 있다. 그래서 독자인 나는 선생의 시조를 읽을 때마다 감사하다.

두고 온 그리움
네가 챙겨 왔구나

날 알아보겠느냐
오셨더냐 우리 누님

거기가
우리 그 울 밑이다
그래 그 양지바른
—「새 울 밑에 선 봉숭아」 전문

그리움을 챙기다니. 정이 넘친다. 그래, 그리움은 챙겨야 그리움이다. "두고 온 그리움/ 네가 챙겨 왔구나// 날 알아보겠느냐/ 오셨더냐 우리 누님" 하고 묻다니. 알겠다, 그 마음. 오달지다.

읽기 쉬운, 쉽게 읽히는 시조다. 그렇지만 쓰기는 어려운 시조다. 박종대 선생의 단시조가 돋보이는 까닭이다. 시인 박종대만이 쓸 수 있는 단시조의 절경絶景. 시조의 진경산수眞景山水. 사람살이의 진성성이 돋보이는 세계다. 새 울 밑이라면 새로 이사 온 집으로 추정되는데, 그곳에선 봉숭아에게 누님의 안부를, 나와 너의 친교를 묻는 시인. 그래서 한 식구가 되고, 새 둥지를 트는, 그 양지바른 곳의 둥지는 예쁘고 선하겠다.

이게 뭐야
집이야 집
누구 집
우리 집이지

큰방 옆에 작은방이
언니 방에 아우 방도

어무니
진지 잡수세요
얘들아 밥
밥 먹자
–「어느 날의 모래 장난」 전문

셋방살이를 전전하던 끝에, 서울 변두리 불광동 일대의 복덕방을 누비고 다니다가 천만다행히도 제법 괜찮아 보이는, 드디어 난생처음의 내 집을 계약해 놓고, 대망의 입주를 기다렸다.

1960년대 후반, 20대 후반의 서울살이를 그린 삽화 한 폭이다. 젊은 박종대.

그리고 60여 년이 흐른 지금, 2020년 소년 같은 노시인은 몸과 마음이 싱그러웠던 그날을 추억한다. 추억은 아름다운 것인가, 슬픈 것인가. 과일이라면 무슨 빛깔일까. 눈물이 짠 이유를 나는 조금 알 것 같다.

박종대 시조집(기간旣刊 8권)

『태산 오르기』(동학사, 1997)
『눈맞추기놀이』(책만드는집, 2006)
『개떡』(시조문학사, 2010)
『왕눈이의 메시지 49』(시조문학사, 2012)
『칠칠 동산』(제로하우스, 2013)
『풀잎 끝 파란 하늘이』(고요아침, 2015)
『동백 아래』(책만드는집, 2017)
『그러던 어느 날』(책만드는집, 2019)

박종대

1995년 《시조문학》 등단. 시조집 『태산 오르기』 『눈맞추기놀이』 『개떡』 『왕눈이의 메시지 49』 『칠칠 동산』 『풀잎 끝 파란 하늘이』 『동백 아래』 『그러던 어느 날 - 알츠하이머 간병일기 초抄』. 한국시조문학상, 올해의시조문학작품상, 월하시조문학상, 정형시학작품상 등 수상. 2019 ARKO 문학나눔에 선정.
1932년 전남 법성포 출생. 법성포소학교, 광주농업학교, 서울대학교 사범대학 국어과 졸업. 중등학교 교사, 장학사, 장학관, 교장 등 교직 생활. 도쿄 주일본국 대한민국대사관 교육관, 주후쿠오카 대한민국총영사관 영사, 후쿠오카 한국종합교육원 초대 원장 등 외교직 생활.
zerohousekr@daum.net

노모老母

—

초판 1쇄 2020년 8월 25일
지은이 박종대
펴낸이 김영재
펴낸곳 책만드는집

—

주소 서울 마포구 양화로3길 99, 4층 (04022)
전화 3142-1585·6
팩스 336-8908
전자우편 chaekjip@naver.com
출판등록 1994년 1월 13일 제10-927호

—

ISBN 978-89-7944-733-0 (04810)
ISBN 978-89-7944-354-7 (세트)